1 2 3 4 5 6 7
3 4 5 6 7 8 9
5 6 7 8 9 10
7 8 9 10 11
9 10 1 2 3 4

8 9 10 10 12

9 10 1 12 3 4

1 2 3 4 5 6

3 4 5 6 7 8

5 6 7 8 9 10

 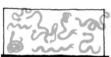 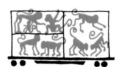 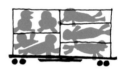 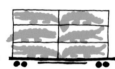 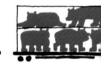

For Cirsten and Rolf

1, 2, 3
TO THE ZOO

a counting book by

ERIC CARLE

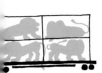 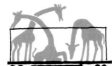 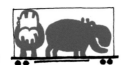 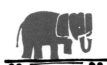 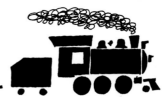

PAPERSTAR

The Putnam & Grosset Group

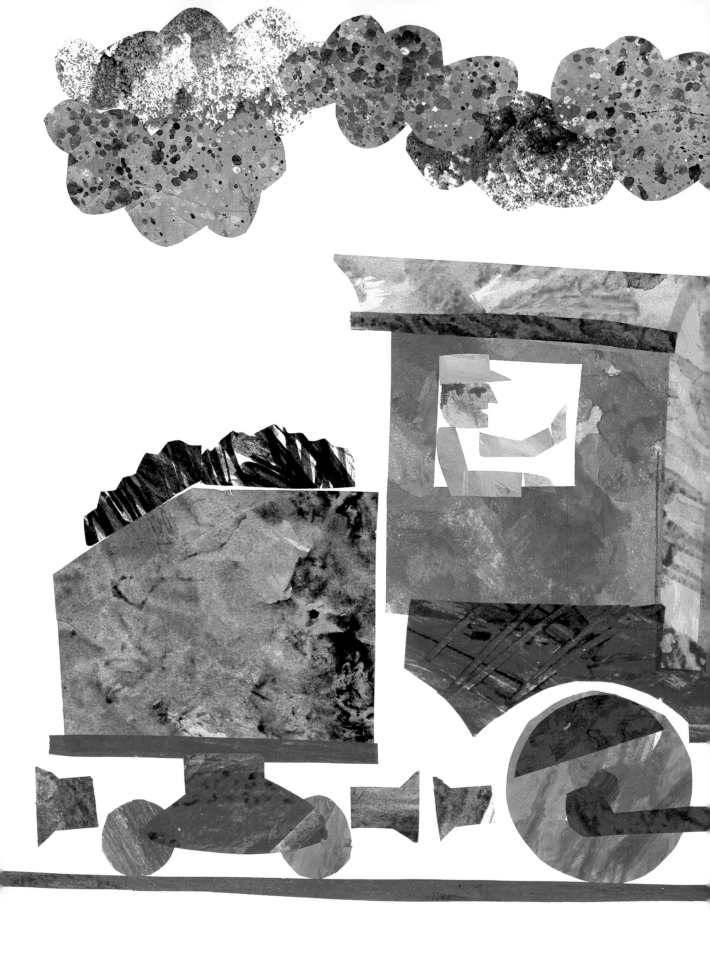

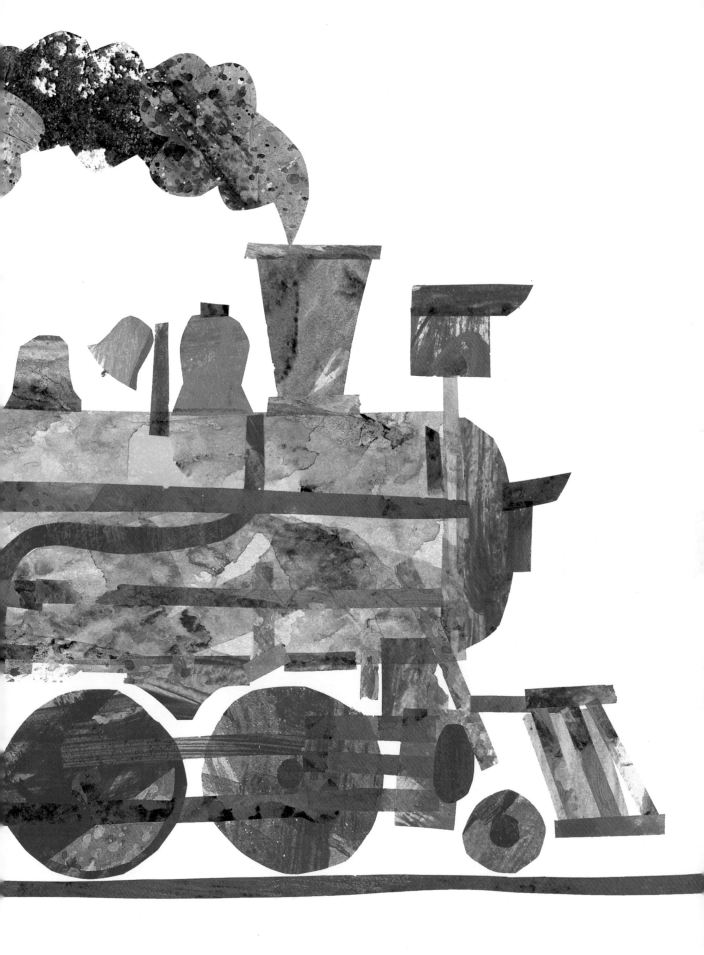

1

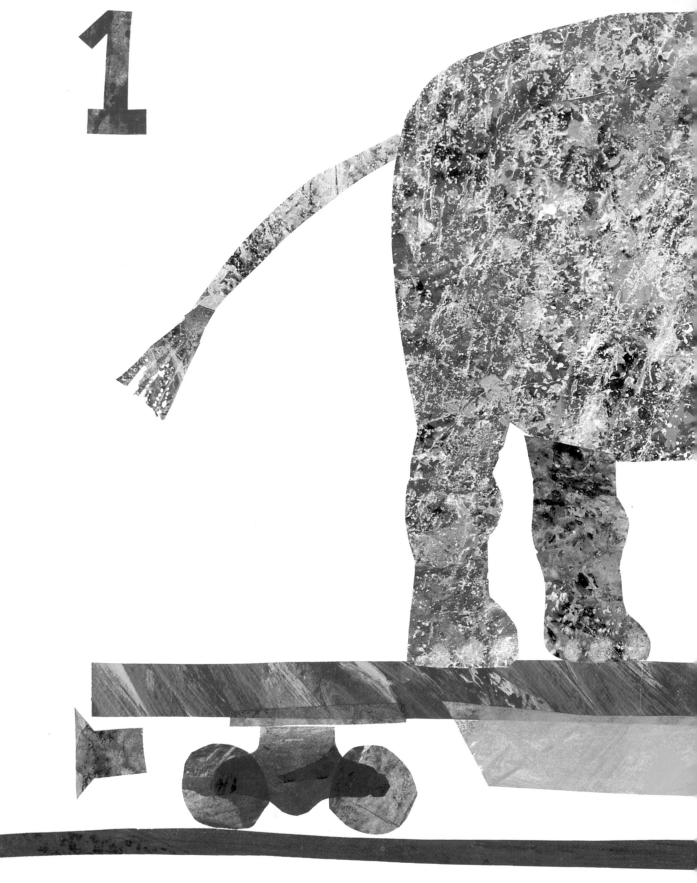
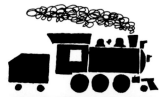

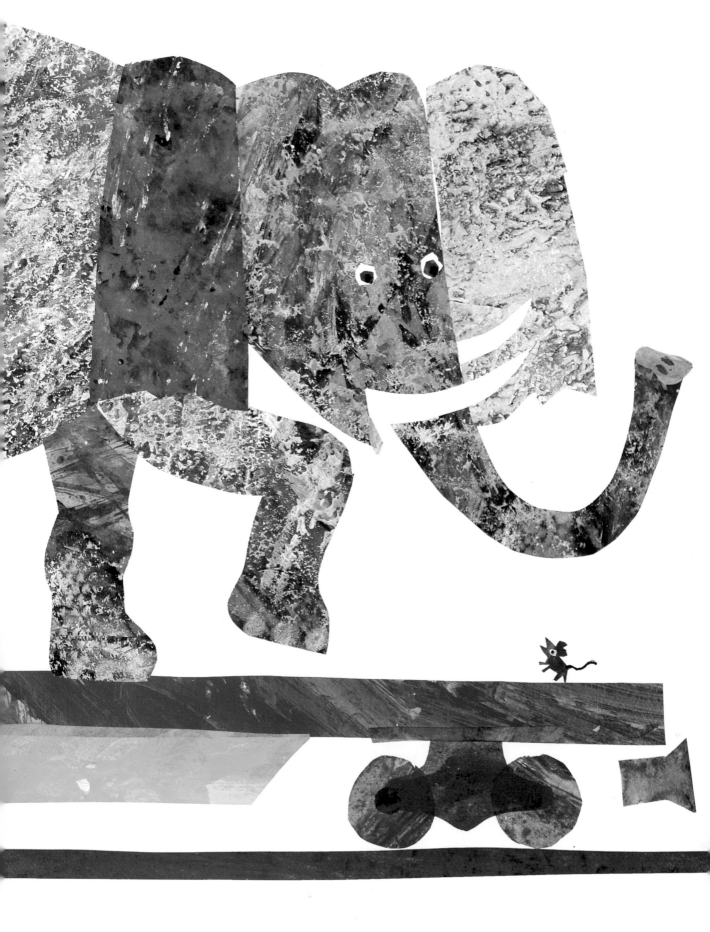

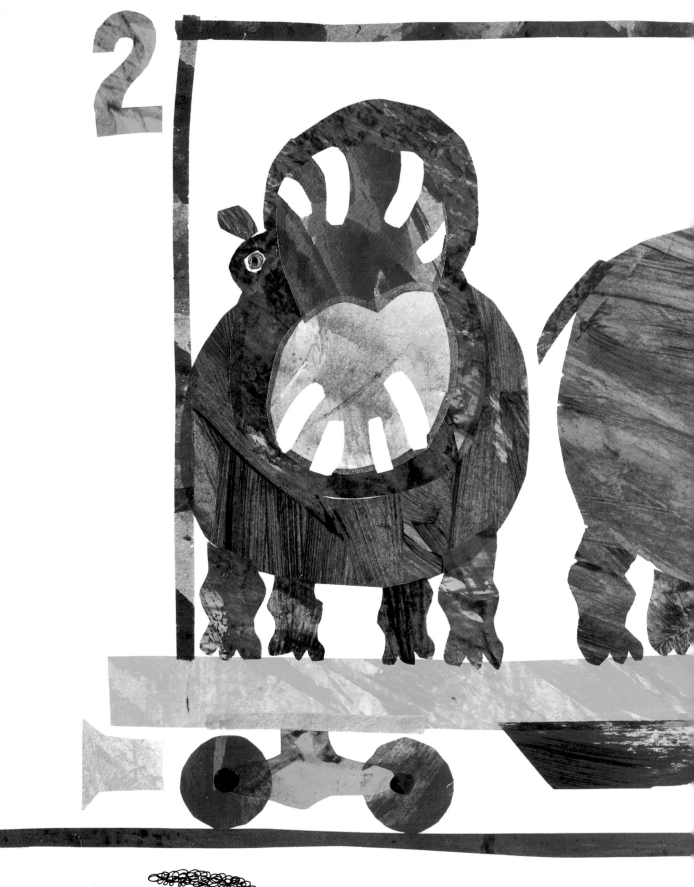
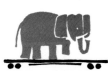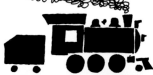

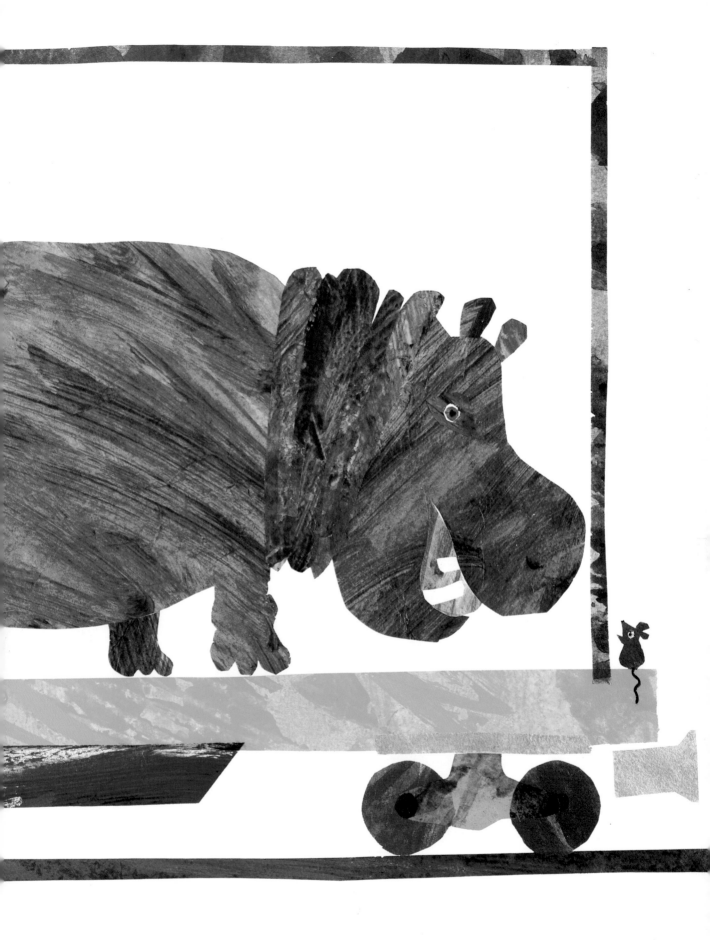

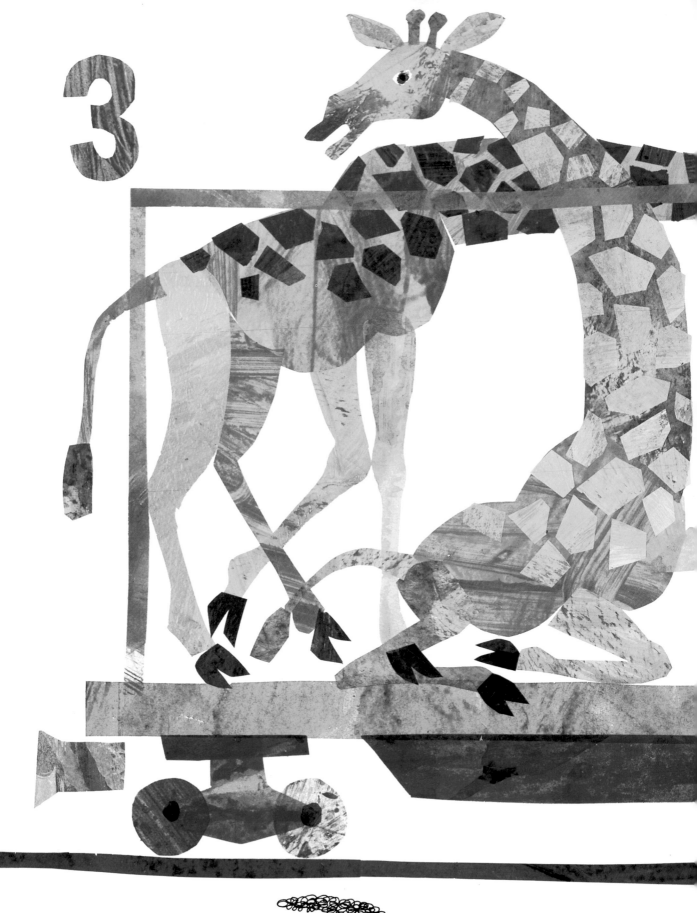
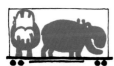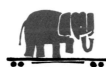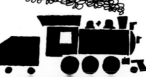

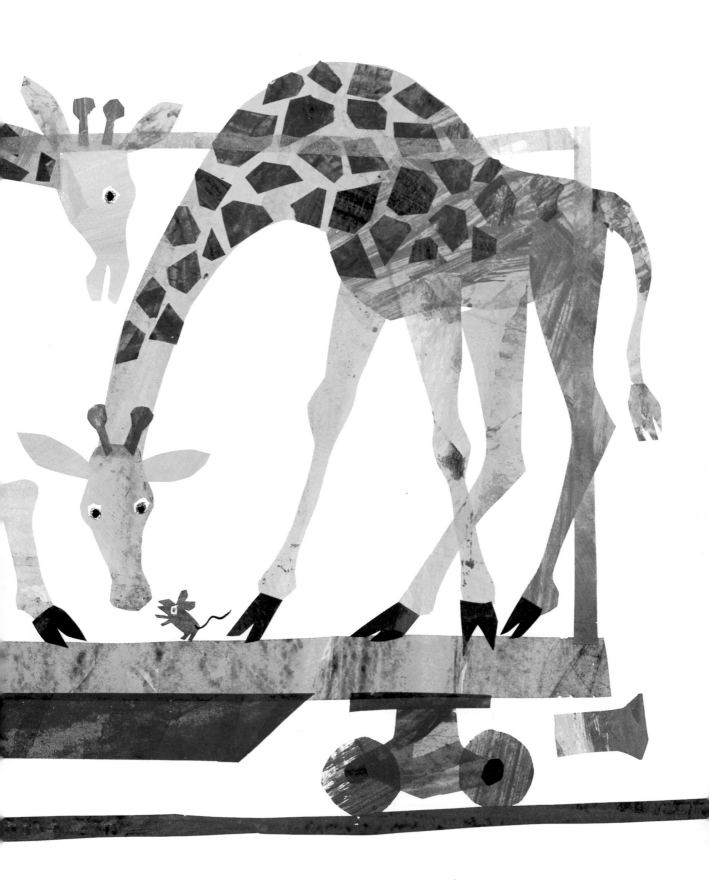

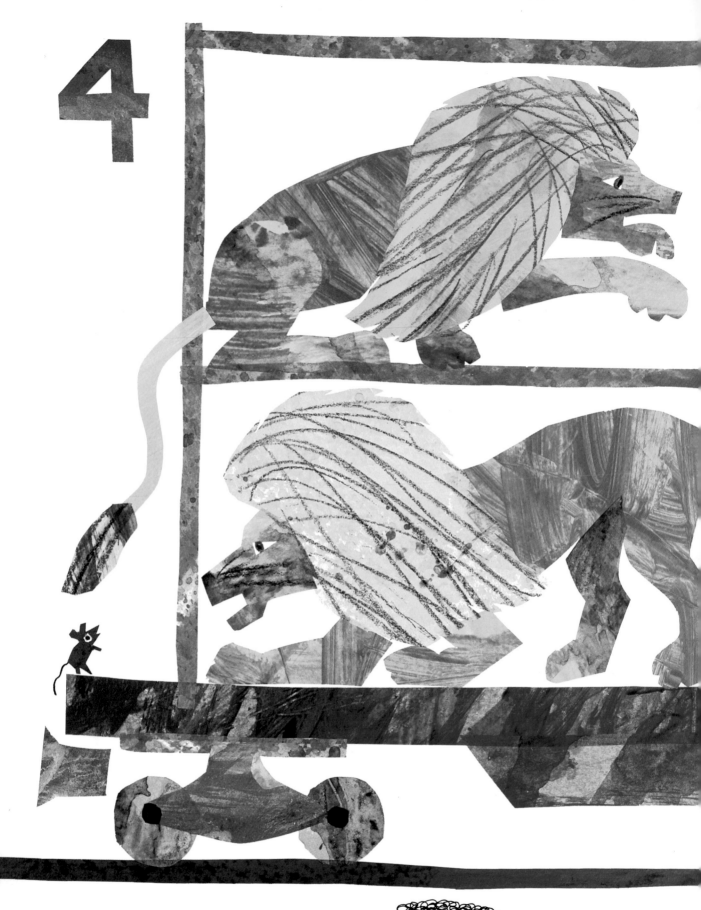

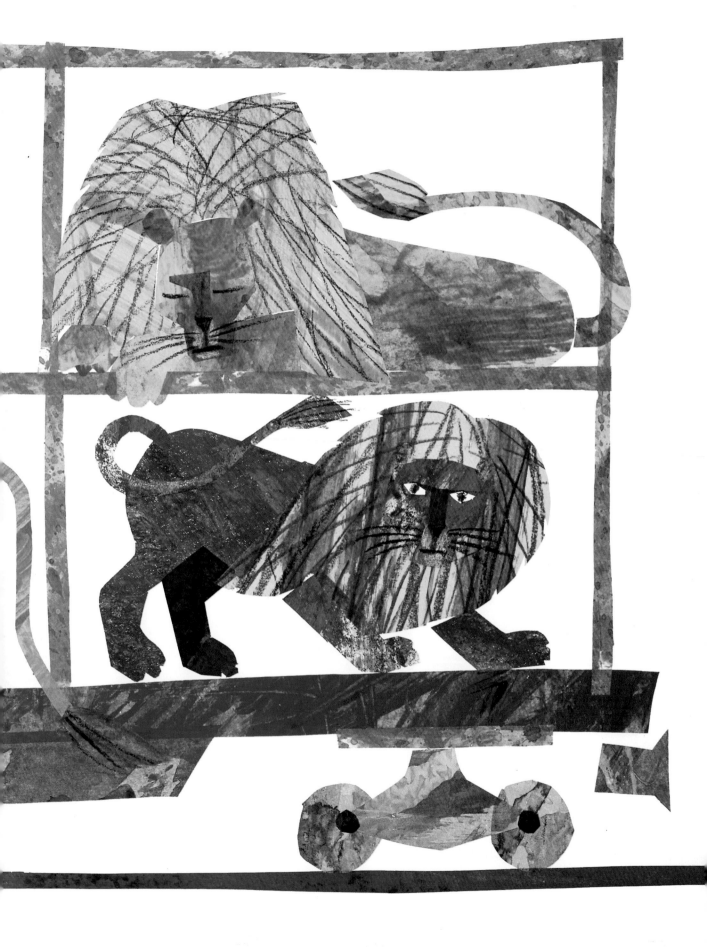

5

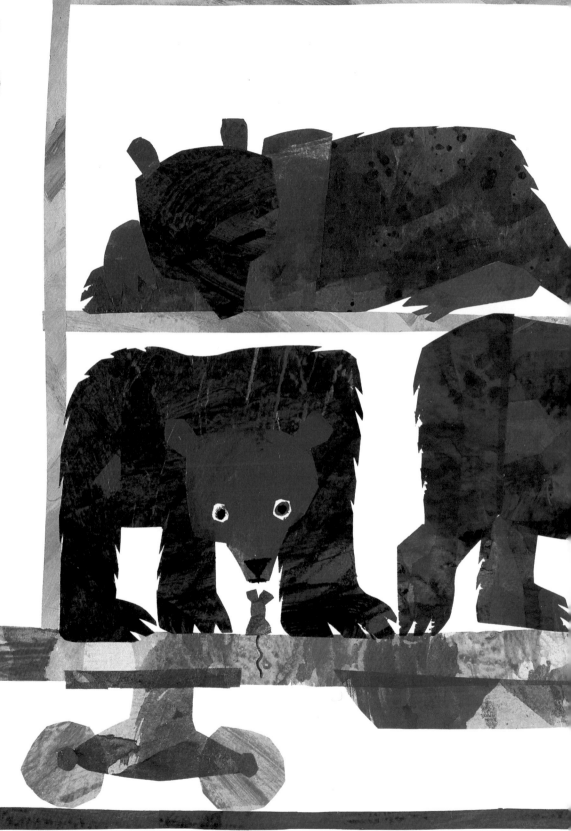

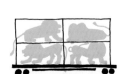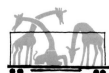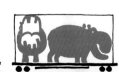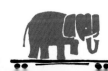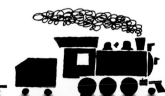

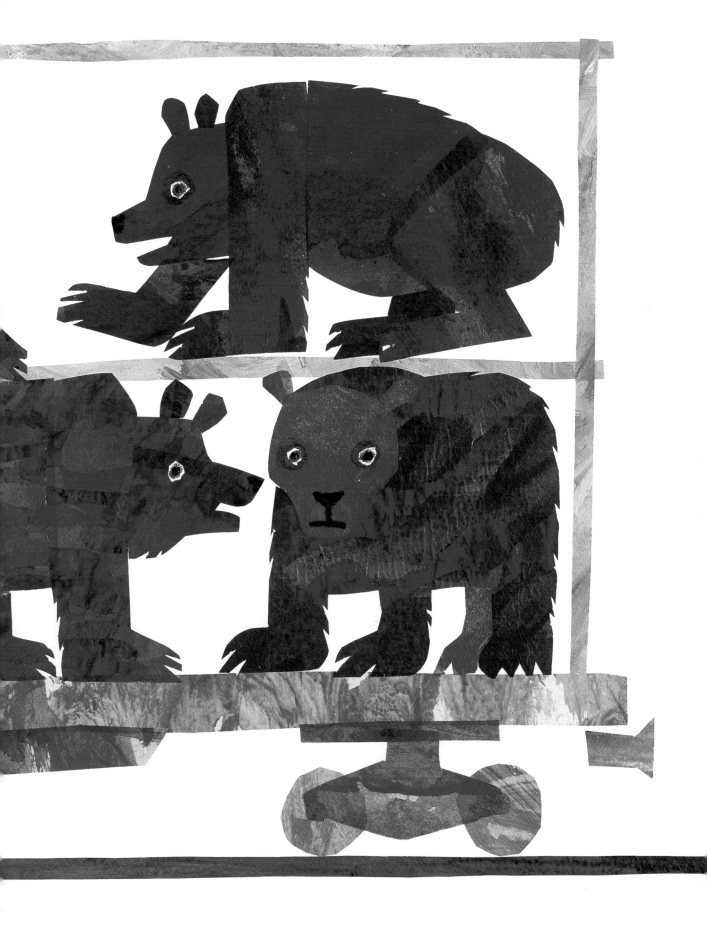

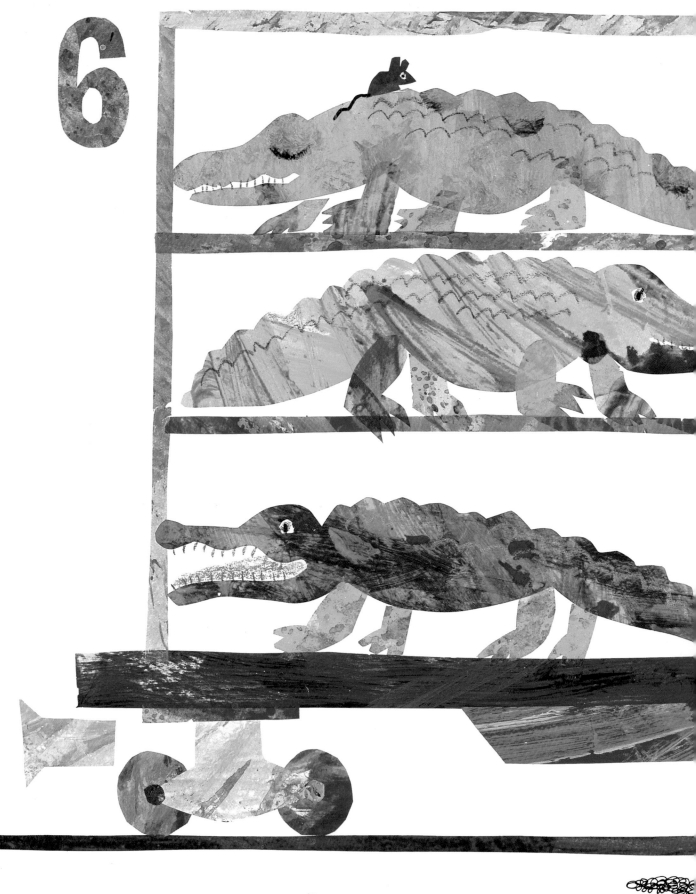

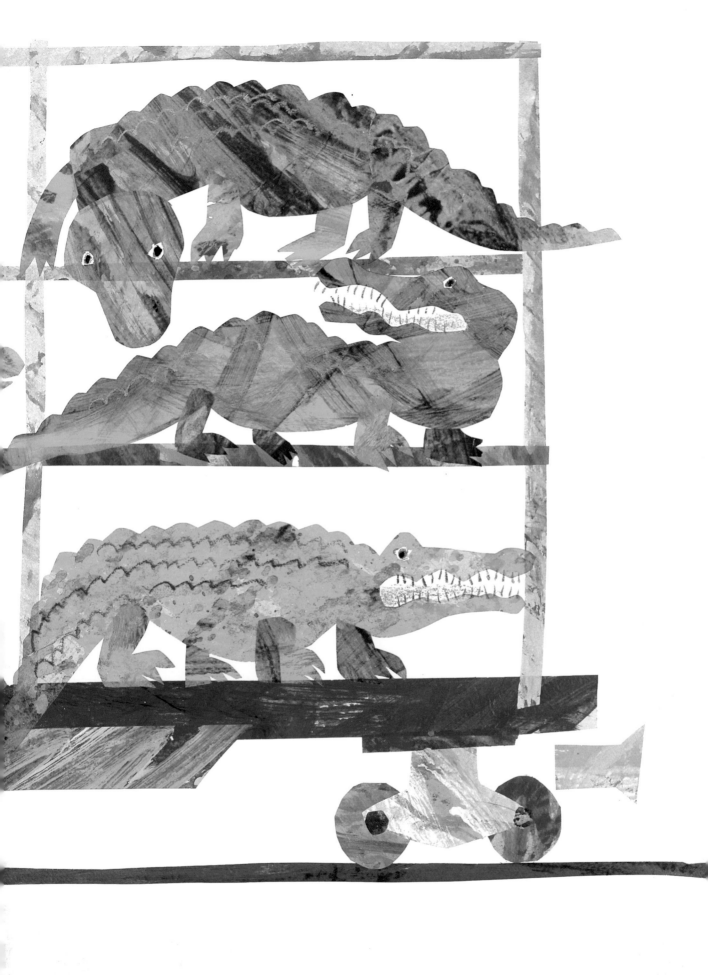

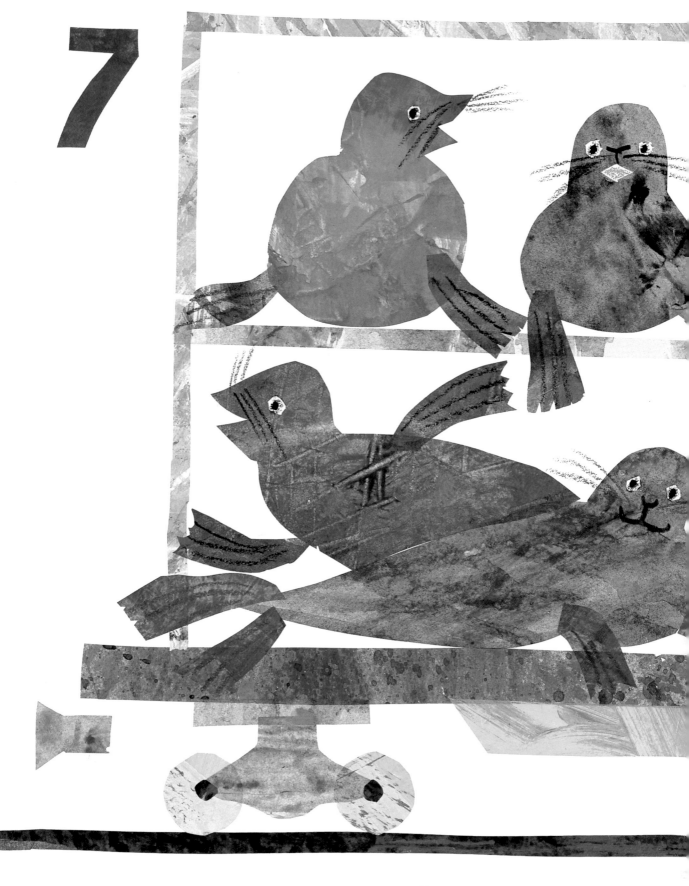

7

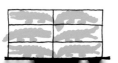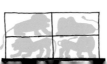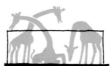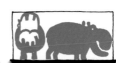

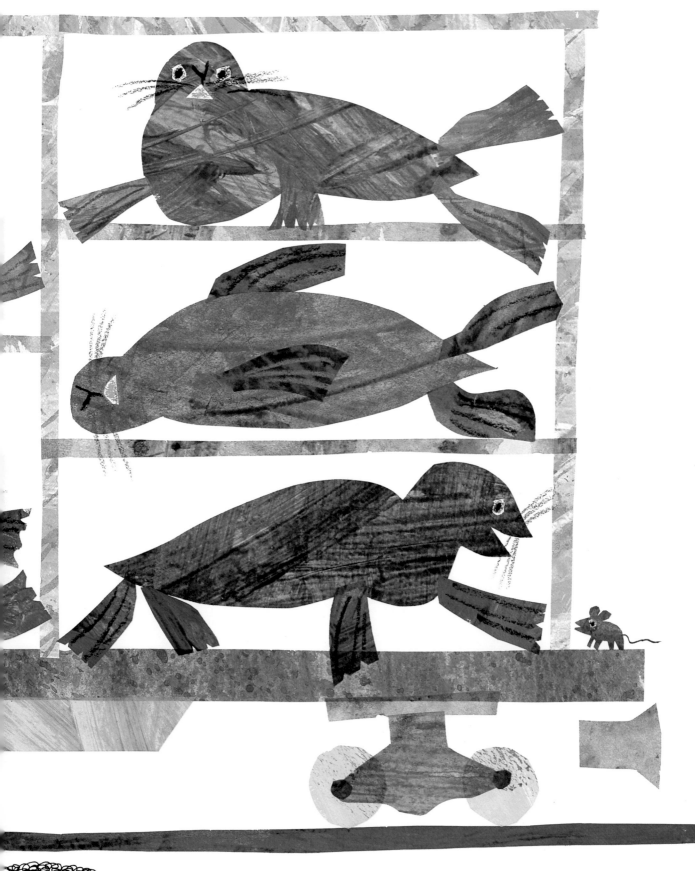
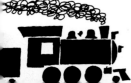

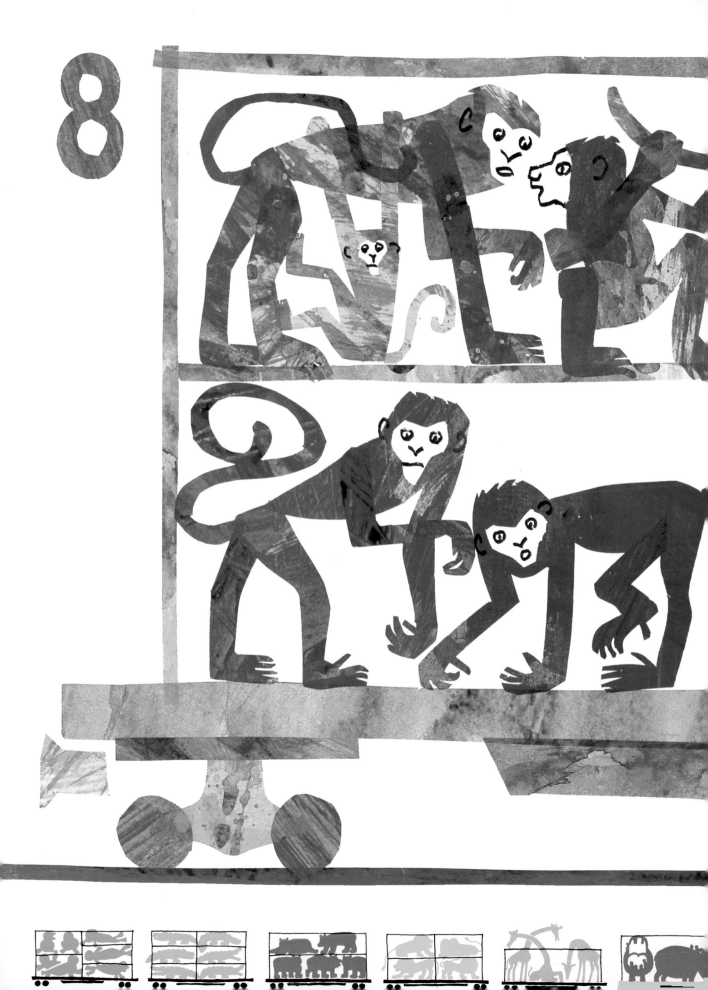

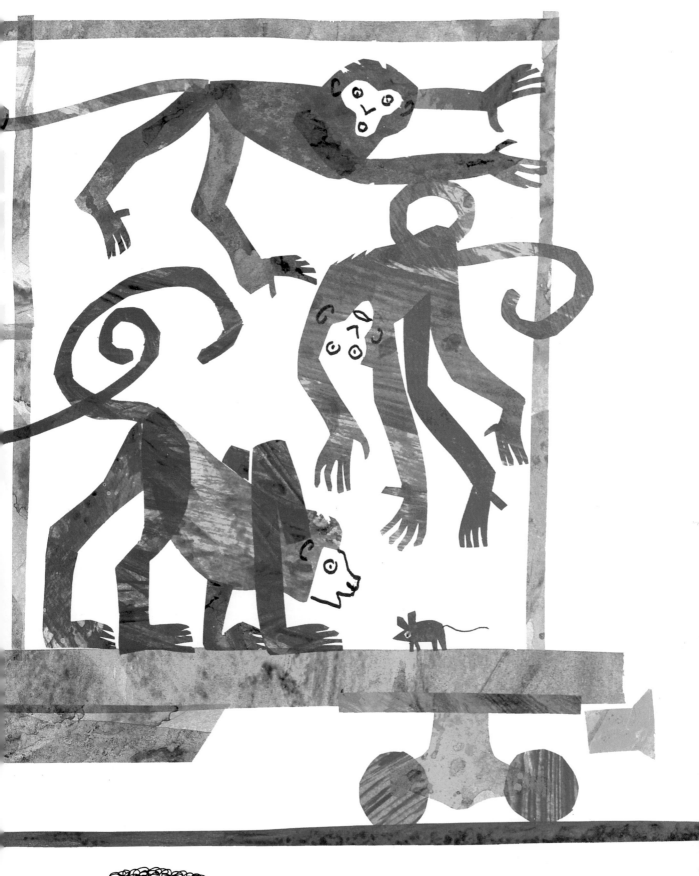

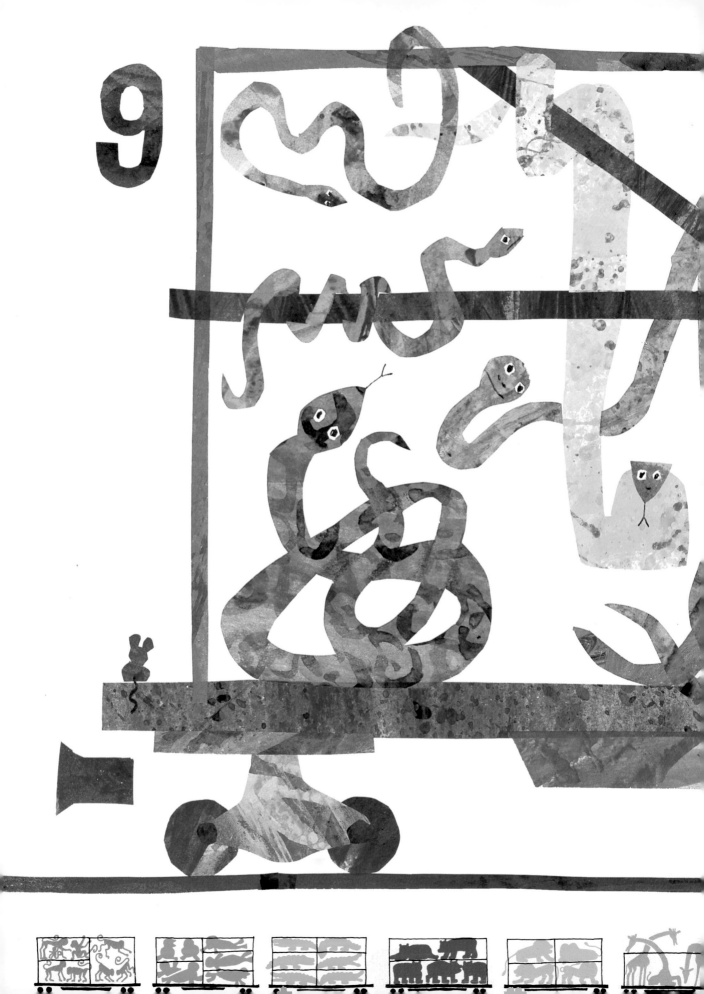

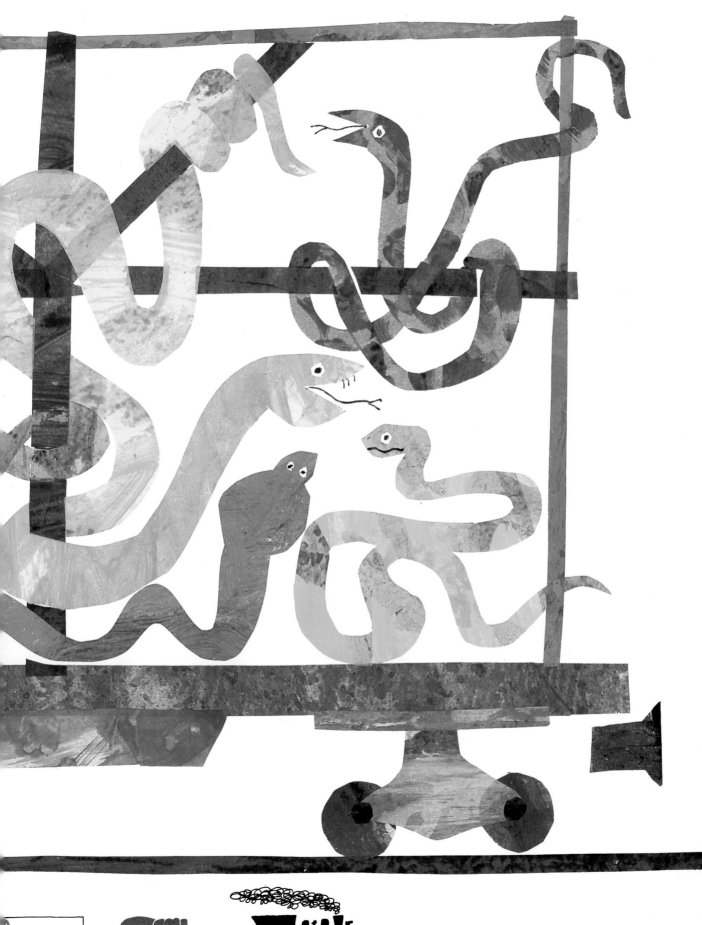

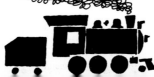

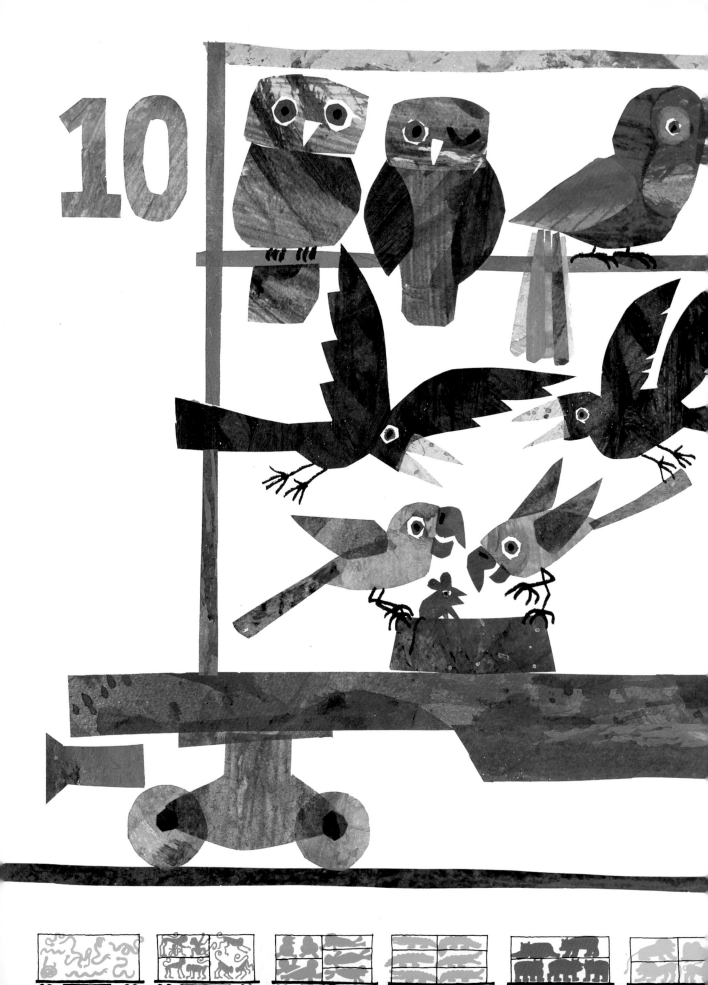

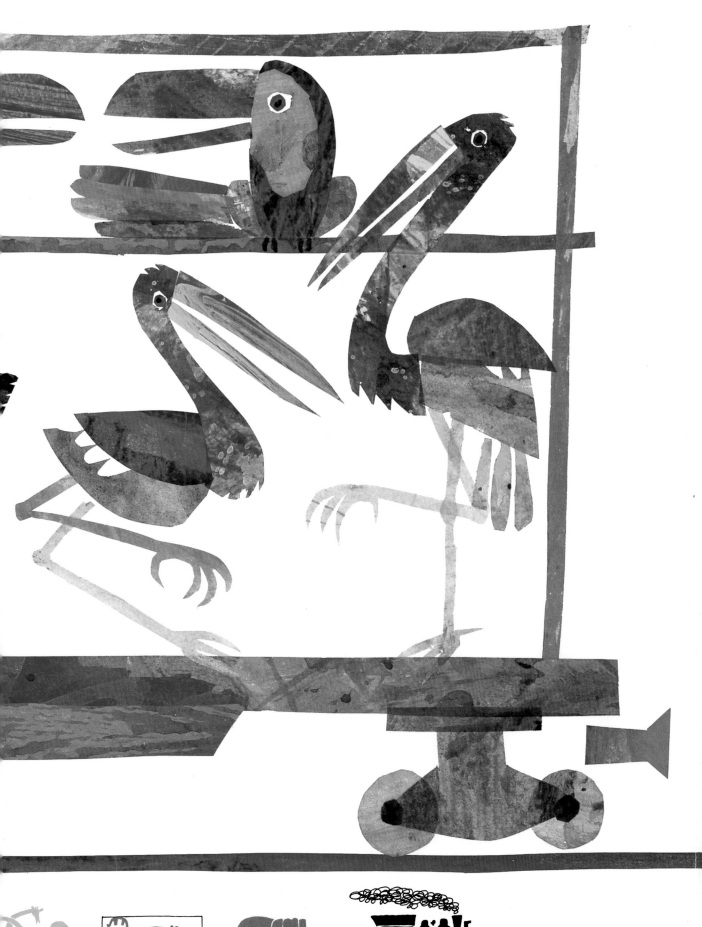

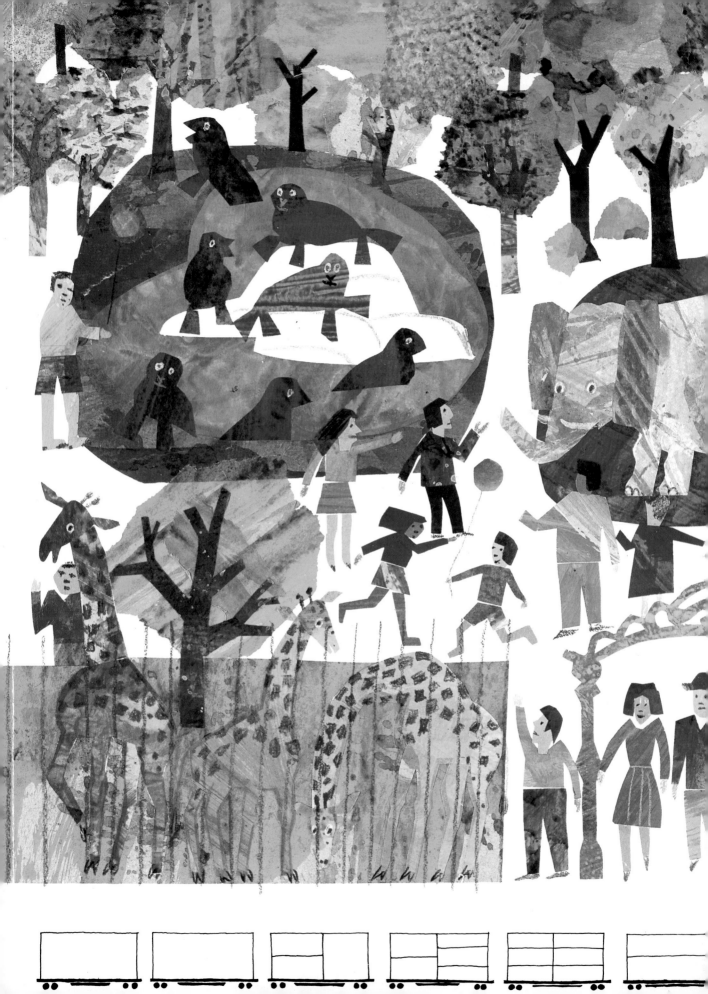

8 9 10 12

10 1 2 3 4

1 2 3 4 5 6

3 4 5 6 7 8

5 6 7 8 9 10